LES
RAVAGEURS

PAR

M. Théodore MURET,

Auteur de **La Vérité aux Ouvriers, aux Paysans, aux Soldats.**

Prix : 10 centimes.

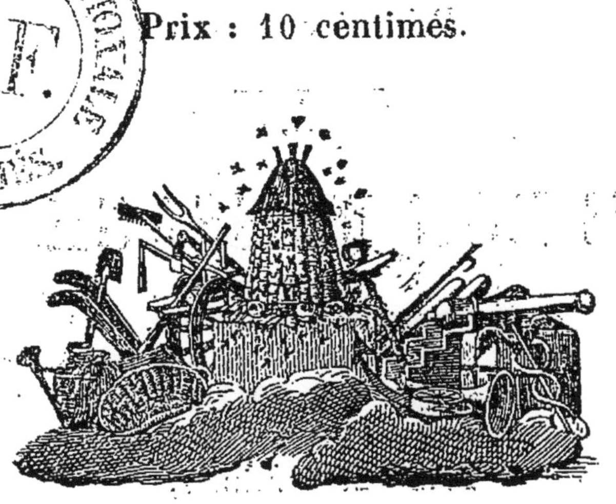

PARIS,

GARNIER FRÈRES, ÉDITEURS,

RUE RICHELIEU, 10, ET PALAIS-NATIONAL, 215.

—

Janvier 1850.

LES RAVAGEURS.

Les **Ravageurs** : c'est ainsi qu'on appelle, depuis quelque temps, les socialistes, dans les campagnes de la Basse-Normandie.

Ravageurs et destructeurs de la propriété, du commerce, de l'industrie, de la paix publique, du bien-être particulier, voilà ce que le bon sens populaire entend par ce mot.

Jamais nom ne fut mieux trouvé.

Un moment abattus par leur honteuse déroute du 13 juin, les Ravageurs ont, dans ces derniers temps, relevé la tête. Ils se sont organisés sur nouveaux frais. La doctrine socialiste, en elle-même, c'est la graine de niais, bonne pour les crédules ; mais la Société à dépecer et à dévorer comme une proie, voilà ce qui aiguise et sollicite certains appétits furieux, voilà ce qui explique leur infatigable tenacité pour l'œuvre du mal.

Les avances qu'ils font maintenant pour leur propagande, les Ravageurs se flattent de les retrouver bientôt, avec usure, par le sac de cette Société objet de leur haine.

Les loups, du moins, ne cherchent pas à tromper leur monde : pour dévorer les moutons, ils ne s'enve-

— 4 —

loppent d'aucun système imposteur, d'aucune phraséo-
logie menteuse; ils ne se couvrent d'aucun masque hy-
pocrite : ils ont leurs instincts de loups, et ils s'y li-
vrent.

Ravageurs pour Ravageurs, les loups valent mieux :
ils sont plus francs.

I. *A propos des prochaines élections partielles.*

Au moment où je publie ces lignes (janvier 1850),
seize départements (presque un cinquième de la France, et Paris s'y trouve compris), sont convoqués pour les
nouvelles élections que l'arrêt de la Haute-Cour a ren-
dues nécessaires. Il s'agit de remplacer les condamnés
de Versailles. L'agitation morale qui va s'ensuivre, le
tort que pourront en éprouver les affaires, sera encore
un résultat de la journée du 13 juin.

Paris, dévasté par le choléra, était dans le deuil; et
les anarchistes prenaient ce moment pour ajouter aux
calamités publiques, pour mêler leur *manifestation* à la
lugubre marche des chars mortuaires, qui, de toutes
parts, sillonnaient les rues!

La république rouge et le choléra étaient dignes d'al-
ler ensemble.

O manifestation *pacifique* et *légale*, qui procédait avec
des cris *Aux armes!* des tentatives de barricades et des
coups de fusil! Si l'effroyable lutte de juin 1848 ne se
renouvela pas, c'est que le général Changarnier pensait,
lui, qu'au lieu de laisser faire les barricades pour les
enlever après, il vaut mieux les rendre impossibles :
c'est qu'il donna son vigoureux coup de collier dès la
première minute.

La Convention installée aux Arts-et-Métiers eut tout juste le temps de jouer des jambes, et le *grand citoyen* qui la présidait ne fut pas un des derniers à cet exercice.

Il a trouvé moyen de gagner l'Angleterre, où il mène, dit-on, confortable vie. Ses collègues et amis, qui ont eu l'esprit moins prévoyant et le pied moins leste, n'ont qu'à s'arranger.

A la vérité, pour ne pas tomber dans l'oubli, le citoyen Ledru-Rollin, comme le citoyen Louis Blanc, ne néglige pas de lancer en France quelques brûlots imprimés. Dernièrement, c'était une brochure qui contient encore un flagrant appel aux barricades. C'est si commode de pousser les autres dans le péril, quand on a soin de se tenir à couvert!

La brochure a été saisie : l'imprimeur et les distributeurs pourront en pâtir, mais le citoyen Ledru-Rollin est à l'abri.

Faites-vous donc mettre en prison, ô bonnes gens, pour ces grands hommes à précautions, pour ces prudents agitateurs!

Bref, par l'arrêt de Versailles, la Montagne a perdu ses plus beaux ornements : elle n'a guère conservé que ses tapageurs obscurs, ses hurleurs secondaires. Vous jugez si le parti rouge va faire feu des quatre pieds pour enlever des succès de scrutin et réparer ses pertes. Pourra-t-il y réussir? Pour cela, il faudrait, de la part des hommes d'ordre, une bien déplorable inertie, ou un manque d'union non moins fatal.

On parle d'établir des peines pour les électeurs qui, sans cause valable, s'abstiendraient. A défaut de pénalité légale, que la pénalité morale, que la voix de la conscience soit là pour y suppléer.

L'homme d'ordre qui s'abstient n'est plus un homme

d'ordre, car il ouvre la porte au désordre ; il trahit à la fois l'intérêt de la société tout entière et le sien propre, qui en est inséparable.

Que nul ne vienne dire : « Ce n'est pas mon vote qui » décidera l'élection ; qu'importe un de plus ou de » moins ? »

Si chacun fait ce beau raisonnement, il est clair que personne n'ira voter ; il est clair que, dans une commune où les hommes modérés seront deux cents contre vingt-cinq anarchistes, ces derniers resteront maîtres du terrain.

Que nul ne dise non plus : « Bah ! il ne s'agit que » d'élections partielles. Le parti modéré a dans l'As- » semblée une majorité trop considérable pour qu'elle » puisse, en aucun cas, être changée par le résultat de » ces élections. »

D'abord, il peut arriver que, sur certaines questions importantes, la majorité elle-même se divise assez pour qu'une trentaine de voix décide le sort du scrutin.

Puis, si dans ces élections partielles, les rouges réussissent, ils ne manqueront pas de crier sur les toits que la France est à eux. Ces nominations ne prouveraient qu'une chose : c'est que les honnêtes gens, par un stupide aveuglement, se sont abandonnés eux-mêmes ; mais l'effet moral n'en sera pas moins produit : il exaltera les espérances des anarchistes, il jettera dans leurs rangs certains hommes sans convictions, certains peureux, certains escompteurs de l'avenir, qui vont là où ils croient voir le succès, et qui brigueront la qualité de *socialistes de la veille.*

Qu'on ne dise pas davantage : « La politique m'in- » téresse peu : je m'occupe de mon atelier, de mon » champ. »

Si un triomphe des rouges répand la frayeur dans les

esprits, si les écus se resserrent, si l'on supprime les commandes, si tout est déprécié, votre champ, votre atelier, n'auront-ils rien à démêler avec la politique?

Sur un vaisseau qui fait eau, le passager qui refuserait de travailler aux pompes ne serait-il pas assuré de périr, si le navire coule bas?

Il n'est pire conseiller que l'égoïsme.

Or donc, électeurs modérés des seize départements, répondez tous à l'appel du devoir : jamais cet appel ne fut plus impérieux et plus sacré, jamais la désertion ne serait plus coupable.

—

II. *Haines intestines du parti rouge mises de côté pour le but commun.*

Le présent écrit ne s'adresse pas seulement aux électeurs qui vont être appelés prochainement à l'exercice de leurs droits; ces conseils sont pour tout le monde, ils sont d'une application permanente.

Hommes d'ordre, ne ferez-vous pas pour le bien ce que vos adversaires font pour le mal? Ne saurez-vous pas vous unir? Ne saurez-vous pas mettre en oubli toute rivalité, toute querelle, pour ne songer qu'au grand intérêt de la Société menacée?

Voyez dans le camp socialiste.

Ce mot sonore de *Socialisme*, d'autant plus commode qu'il signifie tout ce qu'on veut, est comme l'étiquette du sac; mais dans l'intérieur de ce sac c'est une confusion pire que la tour de Babel.

Vous avez l'*Organisation du travail* de Louis Blanc; — l'*Icarie* de Cabet; — la *Triade* de Pierre Leroux; — le *Phalanstère* des fouriéristes; — l'*Athéisme* de Proudhon, qui n'a pas pu faire marcher sa banque, et qui se charge de remplacer Dieu.

A la guerre des systèmes se joint la guerre des individus. Il y a là non seulement des rivalités, mais des haines acharnées. Proudhon, dans son journal, lance contre ses *frères* de la république rouge les attaques les plus violentes ; il leur prodigue les termes les plus amers de l'ironie et du mépris. A leur tour, Pierre Leroux et les autres ne sont pas en reste avec Proudhon. Ces dignes citoyens se traitent mutuellement de charlatans, d'intrigants, d'imposteurs ; ils sont prêts à se manger entre eux. Et cependant, il est un but commun qui les réunit : c'est la haine contre l'ordre social, c'est le besoin de le battre en brèche, c'est le désir effréné de la destruction.

A l'Assemblée, les hommes du *National* donnent la main aux montagnards les plus exaltés. C'est que le parti du *National* avait combattu l'insurrection dans les journées de juin, non par un véritable dévoûment aux principes conservateurs, mais pour satisfaire une ambition cupide. Dans cette affreuse lutte, où tant d'hommes de cœur versèrent leur sang pour la Société en péril, les *habiles* calculaient froidement le bénéfice à tirer pour eux de ces héroïques sacrifices. La France sait trop bien comment ces austères citoyens la traitèrent en pays conquis, se ruèrent sur les places, et se firent du budget un gras festin. Chassé du pouvoir, ce parti a jeté le masque : pour se venger, il s'est allié aux barricadeurs qu'il combattit ; il a tâché d'obtenir d'eux son pardon et de se faire admettre dans la grande armée démocratique et sociale.

— « Les journées de juin ! » dit *le National,* « simple » malentendu entre bons républicains faits pour se com-

» prendre et s'estimer ! Embrassons-nous, et qu'il n'en
» soit plus question ! »

Les hommes des clubs, les démocs-socs de l'avant-veille, gardent au *National* une terrible dent ; ils lui ont fait subir d'amères avanies, et néanmoins, pour le besoin de la cause, ils ont bien voulu accepter son concours, sauf à le surveiller de près.

Toutes ces diverses nuances se sont fondues en une seule couleur : le rouge.

Toutes ces haines se sont jointes en faisceau, avec une autre haine pour lien.

Hommes d'ordre, encore une fois, quand vos ennemis font une croisade impie pour renverser la Société, faites une sainte croisade pour la défendre !

III. *Quel est le plan des rouges.*

Les rouges, dans leurs conciliabules, disent tout haut qu'ils ont manqué leur affaire en février.

Les masses, disent-ils, n'étaient pas alors suffisamment mûres pour leurs doctrines.

Ils avaient bien les quelques milliers de voleurs, de forçats libérés, de gens sans aveu, que renferme une immense capitale comme Paris, et dont toutes les grandes villes ont aussi leur part : ces honnêtes gens étaient, dès lors, parfaitement disposés pour exécuter la mise à sac générale et le pillage universel ; mais ils couraient risque de se trouver trop isolés.

Les ateliers nationaux eux-mêmes, nourris des leçons de Louis Blanc, étaient insuffisants pour cette besogne, comme on en fit l'expérience. Attaquée à coups de fu-

sil , la Société sut résister à coups de fusil, et demeura
victorieuse.

Au 29 janvier, la république rouge n'osa pas descen-
dre dans la rue.

Au 13 juin dernier, elle n'y mit le pied que pour subir une défaite qui , par bonheur, fut ridicule, et non
sanglante.

Elle avait compté sur la désertion , sur la trahison
dans l'armée , qu'elle calomniait par de telles espérances. Nos braves soldats montrèrent aux rouges combien
ce calcul était faux.

D'après ces diverses expériences, la république démocratique et sociale voit qu'elle n'a pas de chances, quant
à présent, avec une lutte armée ; mais elle est loin d'y
renoncer pour l'avenir.

Pour préparer les voies aux moyens violents, les Ravageurs ont redoublé leur propagande perverse : ils se
flattent de tromper et de corrompre les populations , à
tel point que le vote universel, jusqu'ici l'instrument de
leur confusion, devienne celui de leur victoire. Même
alors , ils le savent bien , tout le monde ne se laisserait
pas dévaliser, emprisonner , égorger sans résistance ;
néanmoins , beaucoup de gens se sentiraient paralysés ,
quand la république rouge se présenterait avec l'appa-
rence du vœu national.

Bien entendu que les dix-neuf vingtièmes des électeurs, en votant pour le Socialisme, c'est-à-dire pour un
bien-être vague et inconnu, n'auraient pas cru voter
pour le régime de Robespierre et de Marat ; mais, n'importe, le tour serait fait ; le nouvel escamotage serait ac-
compli.

IV. *Quels sont les moyens et les agents de la propagande*
rouge.

Habitants des campagnes, vous qui formez la grande masse de la population française, c'est surtout auprès de vous que la propagande anarchiste redouble ses efforts, épuise toutes ses manœuvres, toutes ses rubriques.

Vous n'avez guère à votre portée d'autre librairie que le colportage : c'est lui qui vous fournit l'image accompagnée de récits ou de chansons qui orne la muraille de votre demeure ; l'almanach que vous consultez pour vos occupations, et qui remplit, en hiver, les heures de la veillée ; le livre d'office et de prières qui élève votre âme vers le ciel ; c'est le colportage, enfin, qui vous apporte la nourriture de l'esprit, car l'esprit a besoin d'être alimenté comme le corps.

Eh bien ! le Socialisme s'est dit qu'il aurait partie gagnée s'il empoisonnait cette nourriture, et il a pris le colportage pour son agent.

Par cette voie, il inonde les campagnes de ses mensonges, de ses calomnies, de ses provocations incendiaires. Souvent, ces productions détestables sont déguisées sous un titre qui n'en laisse pas soupçonner la nature. Le colporteur se présente à la barrière de la cour, au seuil de la maison ; il offre sa marchandise. L'honnête cultivateur croit acheter un écrit utile, ou du moins inoffensif, et c'est le poison socialiste qu'on lui vend.

Les Ravageurs savent bien que, pour ouvrir la porte aux idées subversives, rien n'est tel que la corruption des mœurs. Aussi, ont-ils soin de mettre dans le ballot du colporteur force livres, couplets et images obscènes : ils tâchent d'inoculer aux campagnes la lèpre morale. éclose dans la fange des cités.

Ces turpitudes seront ainsi glissées dans les mains de votre jeune fils, de votre femme, de votre fille ; elles souilleront leurs regards et leur imagination ; elles feront entrer sous votre toit l'inconduite, le désordre, l'infamie.

Puis viennent tous les malheurs, souvent tous les crimes qui en sont la suite ; il n'en est aucun, sans exception, où les mauvaises mœurs ne puissent conduire.

Il est une police de moralité que tous les honnêtes gens, et, en particulier, tous les chefs de famille ont le droit de faire. S'il se présente chez vous un colporteur, n'achetez rien sans avoir soigneusement examiné ce qu'il vous propose. Si le maire de votre commune n'est pas trop loin et mérite votre confiance, invitez le colporteur à vous suivre chez ce magistrat pour faire vérifier ses papiers et le contenu de sa balle. En cas de refus, soyez sûrs qu'il a ses raisons pour répugner à cet examen.

En pareil cas, c'est faire l'œuvre d'un bon citoyen que de seconder l'action de la loi.

Mais les colporteurs de profession ne sont pas les seuls agents que le Socialisme emploie : il a des dépôts dans des cabarets mal famés, chez des individus équivoques ; il a des adeptes qui se font ses distributeurs, comptant bien se récupérer plus tard de leurs peines.

Pour juger ce que valent les doctrines, étudiez un peu ce que valent les hommes ; interrogez les antécédents, l'existence de ces apôtres socialistes.

Voyez si ce sont d'estimables pères de famille, tout à leur ménage et à leur état ; des hommes laborieux, de bonne conduite, des *travailleurs* dans le sens légitime du mot.

Si vous trouvez en eux (comme c'est fort probable) de mauvais sujets vivant dans la débauche, des piliers de café, d'estaminet, de cabaret, des ambitieux subalternes qui ont jeté d'avance leur dévolu sur quelque bon emploi, vous aurez l'explication toute simple de leur zèle à pousser au bouleversement général.

Un certain nombre d'instituteurs primaires se sont mis au service des Ravageurs. Ceux qui remplissent honorablement leur utile mission ne peuvent souffrir de l'énergique flétrissure encourue par d'indignes collègues. Quant à ceux qui, trahissant la confiance des familles, forment au mal les enfants remis à leurs soins, et abusent de leur instruction pour pervertir l'esprit d'une commune, ceux-là commettent un véritable crime; et le conseil municipal qui userait de faiblesse envers eux deviendrait leur complice.

Si vous doutez que la Montagne cherche parmi les instituteurs primaires ses auxiliaires les plus actifs, méditez ce passage d'un des pamphlets socialistes qui sont répandus à pleines mains dans nos campagnes :

« Instituteurs, mes amis, la révolution est votre mère, ne l'oubliez jamais ; n'oubliez jamais que vous êtes sortis des flancs de la *Montagne*; n'oubliez jamais que vous êtes des soldats actifs et puissants de la révolution. Oui! oui, vous êtes des hommes révolutionnaires, essentiellement révolutionnaires. L'instruction est terrible aux riches et aux puissants ; la lumière est terrible à ceux qui s'engraissent de l'ignorance et du mensonge ; la lumière est terrible à ceux qui pressurent le peuple, et le nombre de ceux-là en est grand sur la terre. Instituteurs, mes amis, faites-vous conspirateurs par la propagande de la vérité ; faites-vous conspirateurs en prêchant sans cesse, partout et toujours, je ne saurais trop le répéter, faites-vous conspirateurs en enseignant la liberté, l'égalité, la fraternité ; oui, organisez dans toute la France la *grande conspiration de la fraternité*; faites-vous conspirateurs pour le bien public, pour le bonheur de l'humanité, pour le bonheur du peuple, etc., etc. »

Ce que les Ravageurs appellent *l'instruction*, c'est la science du mal ; quant à l'instruction véritable, celle qui élève et ennoblit l'homme, celle qui l'éclaire en le rendant meilleur, ce sont eux qui sont ses plus grands ennemis.

Faut-il rappeler le régime de la Terreur supprimant les Académies et toutes les sociétés savantes, écrasant, dans sa haine, toute supériorité intellectuelle sous le plus ignoble et le plus brutal niveau?

Faut-il rappeler le Gouvernement provisoire proclamant, dans une circulaire, que *l'ignorance* n'était pas un obstacle aux fonctions législatives, c'est-à-dire que l'on pouvait être un excellent représentant sans savoir ni lire ni écrire?

Et les rouges osent encore parler de leur amour et de leur zèle pour les lumières !

Ah ! les hommes d'ordre veulent l'instruction pour les classes populaires, ils la favorisent de tout leur pouvoir, mais non pas comme un instrument de corruption publique et privée.

Pères de famille, ce n'est pas à des *conspirateurs* que vous entendez confier vos enfans.

Quand on aura inculqué à leur jeune intelligence les principes les plus subversifs, croyez-vous qu'ils seront pour vous des fils respectueux, tendres et soumis? N'en doutez pas, votre intérieur, votre foyer éprouvera, tout le premier, les funestes effets de ces doctrines. Vos enfants s'essaieront chez vous à la rébellion contre toute autorité divine et humaine ; ils vous feront de la république démocratique et sociale à domicile; et les chagrins les plus amers abreuveront vos vieux jours.

L'intérêt de la Famille n'est-il pas étroitement uni à celui de la Société tout entière?

—

V. *Nouveau prétexte d'agitation exploité par les Ravageurs.*

Dans chacune des périodes que nous avons parcourues depuis la révolution de février, les rouges ont eu leur prétexte d'agitation à exploiter dans les masses.

Au 15 mai, c'était la Pologue.

Pour les barricades de juin, ils mirent en œuvre la question du travail. C'est en invoquant ce mot fallacieux qu'ils inondèrent de sang le pavé de Paris. Cette menteuse enseigne resta ensevelie sous les cadavres entassés par leurs mains.

Hélas! peu s'en fallut que le travail aussi n'y pérît sans retour.

Plus tard, les Ravageurs inventèrent autre chose : ce fut la restitution de l'indemnité des émigrés. Ils chauffèrent leurs journaux à triple vapeur; ils firent circuler partout des pétitions pour réclamer cette prétendue restitution.

L'on n'eut pas de peine à démontrer que l'indemnité, en effaçant des distinctions malheureuses, avait élevé considérablement la valeur des anciens biens nationaux, et profité bien plus aux nouveaux propriétaires et à la richesse de la France en général, qu'aux émigrés eux-mêmes; — que la reprise de cette indemnité, légalement acquise depuis vingt-quatre ans, frapperaït, par ricochet, des milliers de propriétaires actuels, grands et petits, et causerait une perturbation incalculable.

Dans les coulisses de leur théâtre, les socialistes, ces mauvais comédiens, se moquaient de leur propre invention : ils savaient parfaitement qu'une pareille monstruosité n'avait aucune chance ; mais ils voulaient agiter les esprits. — L'agitation leur fit défaut.

Il se trouva encore, Dieu merci ! du sens commun en France.

Le prétexte de l'indemnité une fois tombé dans l'eau, nos comédiens rouges passèrent à un autre exercice, à une nouvelle attrape : ce fut l'affaire de la République romaine.

Oh ! certes, on eut là de quoi priser à sa juste valeur le patriotisme montagnard.

A Rome, nos républicains rouges s'unissaient aux soldats de Mazzini contre l'armée française, et vomissaient sur elle balles et mitraille. A Paris, ils faisaient ouvertement des vœux pour nos ennemis ; ils célébraient avec enthousiasme de prétendus désastres essuyés par nos troupes ; ils étalaient avec emphase les pertes énormes que, suivant eux, nous avions subies ; ils dansaient la *Carmagnole* sur les cadavres de nos soldats.

C'est au nom de la République romaine que fut faite la journée du 13 juin, comme celle du 15 mai 1848 au nom des Polonais.

Hélas ! la déroute du boulevard des Italiens servit de prélude à la déconfiture de Mazzini. Infortunés patriotes rouges qui eurent la douleur de voir le triomphe de nos armes ! Le *National* (son titre était singulièrement justifié) faillit en prendre la jaunisse.

A présent, il n'est plus question de la République romaine. Aussi bien, nos populations, même celle de Paris, s'étaient fort peu émues en sa faveur. Que la République romaine dorme dans sa tombe avec la République de Savoie, qui a duré vingt-quatre heures ; avec la

République de Bade, la République de Florence, la République de Sicile, et toutes ces parodies démagogiques suscitées par nos commis-voyageurs en barricades !

A présent, quel est le nouveau prétexte d'agitation mis en avant par les Ravageurs? Le voici :

L'IMPOT DES BOISSONS.

VI. *Dans quelles vues cet impôt fut supprimé par la Constituante.*

On se rappelle dans quelles circonstances l'Assemblée constituante supprima cet impôt.

Après s'être cramponnée tant qu'elle put au pouvoir qui lui échappait, elle avait dû se résoudre à battre en retraite. Une grande partie de ses membres étaient bien certains de ne pas revenir, et c'est avec une amère douleur qu'ils disaient adieu à leurs chers vingt-cinq francs.

Dans l'espoir de se refaire un peu de popularité, et puis par esprit de vengeance, pour léguer un grave embarras à leurs remplaçants, ces moribonds parlementaires supprimèrent, en un tour de scrutin, une des principales branches du revenu public, un produit de 108 millions.

Comment combler un pareil vide, surtout dans l'éta où les révolutions ont réduit nos finances?

Mettre la nouvelle Assemblée entre un déficit énorme et l'impopularité que l'on espérait jeter sur elle si elle maintenait l'impôt, préparer ainsi les éléments d'une secousse, d'une catastrophe peut-être ; voilà quel était le calcul des constituants congédiés.

Sous peine d'une banqueroute publique, il a bien fallu, comme affaire d'urgence, maintenir l'impôt, et là dessus, les Rouges ont procédé selon l'ordre et la marche arrêtés.

Avant la discussion de la loi, ils avaient, suivant la recette et la formule ordinaire, poussé tant et plus aux pétitions, mis en campagne le ban et l'arrière-ban de leurs fidèles pour recruter des signatures par tous les moyens, par la surprise, l'importunité, l'appel à des intérêts mal compris; ils avaient posé cette question de finance comme une question sociale débattue entre le riche et le pauvre, entre le privilége et les masses. Depuis le vote, ils travaillent à outrance pour ameuter les passions, ils sonnent à toute volée le tocsin de la haine, en vue d'une nouvelle révolution.

Nous, c'est à la raison et à la vérité que nous ferons appel.

VII. *A qui profiterait l'abolition de l'impôt sur les boissons.*

Certes, il faut chercher à soulager le plus possible la classe pauvre, la classe ouvrière, à augmenter son bien-être; mais l'abolition totale de l'impôt sur les boissons atteindrait-elle ce but si désirable?

Si l'on s'en rapporte aux déclamations des journaux et des orateurs de la Montagne, il semble qu'en cette circonstance, le parti modéré se soit montré insoucieux des besoins populaires : il n'a été que prévoyant. D'abord, tout le monde, sans exception, se ressentirait d'une catastrophe comme la banqueroute de l'État; et puis réfléchissez.

On n'a pas oublié ce qui arriva quand le Gouvernement provisoire, voulant se rendre populaire, et entassant décrets sur décrets, sans calculer l'avenir, supprima, d'un trait de plume, le droit sur la viande. Payait-on cet aliment meilleur marché? Non. Tandis que le revenu public souffrait, le consommateur ne réalisa aucune économie : il n'y avait de profit que pour les bouchers. Bientôt, il fallut remettre le droit, et l'on ne s'aperçut pas de son rétablissement, car on ne s'était pas aperçu de son abolition.

Eh bien, si l'impôt des boissons était supprimé, il en serait de même, surtout pour la classe ouvrière. Cette mesure, soutenue par la République rouge, soi-disant au profit des citoyens pauvres, profiterait non pas à eux, mais aux personnes riches ou aisées, et vous allez le voir.

La classe riche ou aisée achète le vin en pièce. A Paris, qu'un particulier fasse venir de Bordeaux ou de Mâcon une barrique de vin, il paie tant pour le liquide, tant pour l'entrée, deux articles bien distincts. Naturellement, si le droit d'entrée était supprimé, il ne le paierait plus.

Mais l'ouvrier n'achète du vin que chez le cabaretier, chez le détaillant : or, pour le vin vendu en détail, il arriverait comme il est arrivé pour la viande, qui se vend également au détail. Croyez-vous, bonnes gens, que le cabaretier vous ferait sur la bouteille, le litre, le *canon*, qu'il vous vend, la diminution proportionnelle de l'impôt supprimé?

C'est lui qui profiterait de l'abolition des droits, et non pas vous.

Si la vendange venait à manquer totalement, le cabaretier pourrait bien invoquer ce motif pour faire payer le vin plus cher, et cela s'est vu; mais jamais on n'a vu qu'en considération d'une récolte fort abondante, ce même cabaretier diminuât le prix du litre, de la bouteille ou de la chopine.

Il ne faut pas s'étonner si les détaillants étaient les plus ardents apôtres des pétitions contre l'impôt, si la plupart de ces pétitions se signaient au cabaret, et, comme de juste, après boire. Les cabaretiers plaidaient là pour leur cause. Ils devaient trouver un profit tout net à payer le vin moins cher, sans le vendre moins cher à leurs pratiques.

VIII. *Effets qu'aurait pour la classe ouvrière la suppression totale de l'impôt des boissons.*

Comme les cabaretiers, par l'abolition de l'impôt sur les boissons, gagneraient bien davantage, on verrait, sans aucun doute, se multiplier encore les cabarets, déjà beaucoup trop nombreux, les cabarets qui sont la ruine du peuple, sa plaie physique et morale.

Avec le désordre des mœurs, le cabaret est la cause qui contribue le plus à peupler les bancs des tribunaux, les prisons et les bagnes ; le cabaret est une cause active et incessante de misère.

L'ouvrier qui s'en va boire bouteille sur le comptoir, au lieu d'apporter cette bouteille chez lui pour en arroser paisiblement son repas de famille et en faire profiter sa femme et ses enfants, cet ouvrier trouve des amis qui l'invitent, qui l'excitent ; après une bouteille vient une autre ; le vin du cabaret est presque toujours altéré, sophistiqué ; l'eau-de-vie, ce funeste poison, se met de la partie : la santé, la raison comme l'argent, restent au fond du verre.

Trop souvent, pendant ce temps, il n'y a pas de pain au logis.

Le mari revient ivre et trébuchant. Sa malheureuse

femme lui adresse des reproches ; il y répond par l'in-
jure, et pire encore. De là, les querelles de ménage, les
violences, les plus détestables exemples donnés aux
enfants.

Dites si j'ai tort, si les choses ne se passent pas trop
fréquemment de la sorte.

Eh bien ! les cabarets se multipliant, les résultats
funestes se multiplieraient pareillement.

En tenant compte de la malheureuse habitude du
lundi, est-ce trop d'évaluer à trois cents francs par an
la rente que beaucoup d'ouvriers des villes paient aux
cabaretiers ? Et supputez la somme que, dans un seul
jour de foire ou de marché, les cabarets de village et
de bourgade prélèvent sur le prix des grains et des
bestiaux vendus !

Ouvriers, et vous habitants des campagnes, il y a un
impôt volontaire plus lourd à lui seul que tous les impôts
forcés, et, celui-là, il attaque à la fois la bourse, le
corps et l'âme : c'est l'*impôt du cabaret*.

IX. *Une amélioration réellement désirable.*

Ce n'est pas qu'il n'y ait, pour la question des bois-
soins, quelque chose à faire. Si l'urgence a forcé de
maintenir, pour le moment, l'impôt tel quel, l'Assemblée, en nommant une commission d'enquête, s'est ré-
servé l'étude et l'application aussi prompte que possible des réformes vraiment utiles.

Par exemple, il ne faudrait pas que les petits vins
payassent le même droit que les vins de luxe ; qu'une
pièce de vin d'Argenteuil, qui vaut vingt francs, fût
taxée comme une pièce de Laffitte ou de Clos-Vougeot,

qui en vaut mille. L'égalité de l'impôt est par trop en désaccord avec l'extrême inégalité de la valeur. Si les droits sur les vins ordinaires étaient minimes, l'ouvrier qui aurait mis de côté ce qu'il dépense en un mois ou deux au cabaret pourrait acheter une feuillette de vin pour son ménage, ou bien deux ou trois voisins s'entendraient pour en partager une ensemble.

Quant au riche, il pourrait, sans inconvénient, continuer de payer sur ses vins fins le droit actuel.

Tel serait le meilleur moyen de concilier tous les intérêts essentiels, de réaliser un véritable progrès, sans désorganiser les finances. La consommation de l'eau-de-vie, breuvage malsain et dont il se boit une énorme quantité dans les pays privés de vignobles, diminuerait notablement; le vin, boisson saine, quand elle n'est pas altérée et quand on en use modérément, la remplacerait avec avantage. Tant de femmes et d'enfants réduits à boire de l'eau, tandis que le chef de la famille s'enivre chez le détaillant, auraient leur légitime ration de vin pour leurs repas. L'usage convenable de ce produit, réparti sur un beaucoup plus grand nombre de têtes, accroîtrait la masse totale de la consommation; chacun s'en trouverait mieux, et les caisses publiques, en fin de compte, n'y perdraient pas.

On doit espérer que cette utile réforme ne tardera pas à être obtenue.

Plaise au ciel que les Montagnards n'y mettent pas obstacle par leurs violences et leurs fureurs! Les exigences outrées compromettent souvent une réforme vraiment bonne. Des hommes honorables, animés des meilleures intentions, n'abordent cette réforme qu'en hésitant, lorsqu'on prétend les dominer par l'invective et la menace; ils craignent l'abus des concessions qui seraient faites. De même, combien de fois les excès de la démagogie ont favorisé le despotisme et compromis la cause de la liberté !

—

X. *De quelle manière les rouges prétendraient remplacer l'impôt des boissons, s'il était aboli.*

Si, au lieu d'introduire dans l'impôt des boissons les améliorations qu'il comporte, on le supprimait complétement, comme l'exigeaient les Montagnards, il faudrait bien aviser à y suppléer.

Maintes idées ont été produites à ce sujet, et il n'en est pas une qui se soit trouvée applicable, ou qui pût réaliser des ressources suffisantes.

Au lieu d'un impôt dont on a l'habitude, on aurait peut-être cinq ou six impôts nouveaux qui vous tracasseraient et vous tourmenteraient bien davantage.

En première ligne, il faut placer l'impôt sur le revenu, la conception favorite, le grand *cheval de bataille* des rouges.

Si l'on veut essayer quelque chose de vexatoire, d'oppressif, d'intolérable, on n'a qu'à tâter de cet impôt-là.

Chacun serait tenu de déclarer son revenu, soit qu'il consiste en rentes ou en terres, soit qu'il procède de l'industrie et du travail. Si le chiffre ne paraissait pas sincère, les délégués du fisc auraient pouvoir de le rectifier, de le compléter suivant leur appréciation. Pour cela, ils viendraient chez vous, ils inspecteraient votre mobilier, ils pourraient lever le couvercle de la marmite, de la casserole, pour voir si votre cuisine suppose une aisance supérieure à votre déclaration.

Ce serait l'inquisition la plus odieuse; ce serait l'*exercice*, cette visite qui se pratique dans la cave des marchands de vin, appliquée à tous les citoyens sans distinction.

Notez que chacun aurait intérêt à restreindre ses dépenses, à dissimuler ses moyens d'existence le plus possible. Cet impôt serait, conséquemment, l'ennemi du luxe, et, par contre-coup, l'ennemi de toutes les industries, de toutes les fabrications que le luxe alimente.

Frapper le luxe, dans un pays comme le nôtre, où il fait mouvoir tant de bras, ce serait absolument éventrer la poule aux œufs d'or.

Voilà quelles sont les belles inventions de la république démocratique et sociale : jugez-les maintenant !

Ces gens-là n'ont-ils pas été assez funestes aux classes populaires?

Parce que les uns, ci-devant ministres, ambassadeurs, préfets, veulent le redevenir ; parce que les autres, qui ne l'ont pas été, veulent l'être, il leur faut encore des bouleversements. Pour en arriver là, ils sèment dans le pays l'inquiétude et l'alarme ; ils lui jettent des chimères qui font bien du mal par cette excitation perfidement entretenue, et qui en causeraient encore bien davantage, si, malheureusement, on essayait leur mise en pratique.

—

XI. *Ce qui arriverait si les Ravageurs venaient à triompher.*

Malgré toutes les excitations que les agitateurs pourront tirer de l'impôt des boissons ou de tel autre prétexte plus ou moins spécieux, ils en seront pour leurs frais et pour leurs peines, ayons-en le ferme espoir. Mais supposons un moment que ces voix fatales fus-

sent écoutées ; que le peuple français fût assez aveugle
pour donner dans ces piéges, pour se jeter dans l'abî-
me où le Gouvernement provisoire et l'insurrection de
juin faillirent le précipiter ; enfin supposons que, par
impossible, la république démocratique et sociale triom-
phât : que verrions-nous?

Ce serait le plus affreux chaos, le plus épouvantable
amas de calamités qui ait jamais frappé une nation.

Alors, on jugerait ce que valent les belles théories de
fraternité, de philanthropie, étalées pour séduire les
esprits faciles ; alors se traduiraient en action les hideu-
ses paroles où l'écume du parti rouge, dans ses mo-
ments d'abandon, laisse éclater sa pensée ; alors, les
cris de *Vive la guillotine ! A mort les aristos ! A la potence
les riches !* (et ces expressions, *les aristos*, *les riches*, s'ap-
pliqueraient à tout honnête homme), alors, ces cris
atroces ne seraient pas de vains mots ; alors se réalise-
rait ce refrain qu'un chanteur ambulant vociférait, il y
a quelques jours, dans le département de la Somme,
sans trouver d'échos, par bonheur :

> Qu'à la lanterne on les accroche,
> Ou qu'on les guillotine tous!

Les rouges disent assez haut, dans leurs clubs, que,
s'ils retrouvent une occasion pareille à celle de Février,
ce qu'on vit en 93 ne sera rien auprès de leurs nouveaux
exploits.

Qu'il y ait parmi les socialistes des hommes de bonne foi, des rêveurs honnêtes, je ne le nie pas ; mais
l'exemple de la première révolution montre assez quel
serait leur sort. Révoltés par les excès, par les atrocités
de leur parti, ils voudraient se mettre en travers, et
eux-mêmes grossiraient le nombre des victimes.

Alors, l'hôte de la mansarde et de la chaumière serait frappé aussi bien que l'habitant de l'hôtel et du château, du moment qu'il répudierait le règne de la spoliation et du massacre; alors, combien de noms plébéiens s'ajouteraient à ceux-ci, que j'ai recueillis au *Moniteur*, seulement dans quelques séances du tribunal révolutionnaire de Paris !

Condamnés à mort. Audience du 22 floréal, an II. G. B. Goyon, âgée de 77 ans, couturière.

25 floréal. B. Pintaux-Bournet, tisserand, soldat au bataillon de l'Aisne.

27 floréal. Th. Deligny, colleur de papiers à Rouen.

3 prairial. J. Courcin, brocanteur; L. Carré, épicier; M. N. Guedon, fruitier; J. Query, brocanteur; B. Kintichen, tailleur.

4 prairial. Anne Ferry, veuve Dupré, garde-malade; P.-L. Didier, commis papetier; N. Aubry, âgé de 77 ans, cordonnier.

5 prairial. P. Prudhomme, marchand de poisson; F. Lambert, femme Prudhomme, marchande de poisson; C. Perard, blanchisseuse journalière; M. A. Demaux, femme de J. Hébert, corroyeur; P. Mauclaire, brocanteur.

8 prairial. A. Binet, coupeur de vélours; E. Henry, terrassier.

9 prairial. N. Letellier, vigneron; A. Rageot, tailleur; N. A. Feron, femme Rageot, couturière; M. Olivier, vigneron et maire de Saint-Martin-des-Champs; E. Duhamel, tailleur, agent national de Saint-Martin-des-Champs; C. Léger, cultivateur à Rosay; P. F. Fenaux, charretier chez le précédent; J. Petit, tonnelier, maire d'Aumoy; F. Chevalier, âgée de 28 ans, ouvrière en linge; C. J. Villemin, journalier.

11 prairial. J. Put, de Morillac (Cantal), marchand forain; G. Lacroix, cultivateur.

14 prairial. L. Armand, vigneron; P. Perrin, marchand d'eau-de-vie et cultivateur à Cognac; Lecoq, boulanger à Lille.

15 prairial. P. Martin, âgé de 65 ans, cordonnier; A. Guidet, soldat invalide, âgé de 64 ans.

19 prairial. C. François, cultivateur; P. L. Bachelier, cultivateur; J. B. Blay, laboureur, etc., etc.

Tous ces malheureux, ils sont qualifiés de *conspirateurs*. On en trouve, à la date du 13 prairial an II, plusieurs condamnés à mort comme *convaincus*, entre autres crimes, *d'avoir voulu effectuer la famine en conseillant de semer du sainfoin dans les terres à blé!*

Voilà de quels *aristocrates* se compose, en très grande majorité, la funèbre liste des victimes de la Terreur. Si la république rouge l'emportait, la classe populaire ne compterait pas moins de victimes qu'autrefois, car les nobles cœurs n'y seraient pas moins nombreux qu'en ce temps-là.

Comme en 93 aussi, on verrait les chefs révolutionnaires s'entre-déchirer. Les haines intestines que les grands pontifes du bonnet rouge et du Socialisme laissent déborder avec tant de violence, même à présent où ils ont besoin de s'unir pour le succès de leur cause, comme elles éclateraient après la victoire! comme ils s'égorgeraient l'un l'autre, tout en mettant, dans ces luttes furieuses, la malheureuse France en lambeaux!

Est-il besoin de parler de la ruine générale, de la misère universelle? Le Socialisme, alors, aurait pleine carrière, et l'on verrait à quel horrible pillage ce beau mot ferait place; on verrait si la plus mince propriété n'aurait pas le sort de la plus importante!

Tenez : dès à présent, l'on a pu juger de ce que produisent les essais du Socialisme. Vous savez ces expéditions de colons parisiens envoyées, dans les derniers mois de 1848, en Algérie. Les conditions les plus avantageuses leur étaient prodiguées : concessions de terres gratuites, vivres, outils, semences, concours actif des soldats et même des tribus arabes soumises. Ces colonies, néanmoins, ont fort peu réussi ; et voulez-vous en savoir une des principales causes ? Le Socialisme s'en était mêlé. Une enquête attentive vient d'être faite sur la situation de ces établissements. Le rapport de la commission constate que les essais socialistes introduits dans cette colonisation parisienne avaient eu des résultats si fâcheux que les colons en sont venus à repousser jusqu'à l'idée de l'association, même dans ses applications raisonnables. Lisez ces passages :

« Sur ce point, l'enquête poursuivie par la commission a eu les résultats les plus concluants ; puissent-ils servir de leçon aux malheureux qu'abusent encore les sophistes.! *De toutes les provinces, de tous les villages, il s'est élevé un concert de voix pour repousser et pour maudire tout ce qui ressemblait à de la communauté.* Le travail en commun, la récolte en commun, inspiraient des répugnances dont on ne saurait exprimer l'énergie. Pas une bouche qui ne demandât la distribution des lots, la division des tâches, le partage des produits. La perspective d'une solidarité dans la besogne aigrissait les esprits, et décourageait les bras : elle suffisait pour que la moisson séchât sur pied ou restât éparse en javelles . .

. . . .

» . . . . . . Sur ce point, les répugnances des colons ont été invincibles ; aucun conseil n'a pu en adoucir l'âpreté. En cela, l'instinct n'agissait pas seul ; il s'y mêlait une expérience acquise. *Ils avaient vu de près ce qu'est le travail en commun*, et ils n'en pouvaient parler qu'avec amertume et colère. Dans les chantiers, le *fainéant* et *l'incapable* devenaient types et faisaient la loi ; ils régnaient par leurs vices. Pour l'homme laborieux, c'était un supplice renouvelé des empereurs romains : vivant, on le liait à des cadavres. Rien ne se faisait qu'à contre-cœur et à demi ; on se refusait aux moindres corvées. *Il est des points où il ne se récolta pas un épi du grain qu'au profit des colons avaient ensemencé les tribus arabes*. Ailleurs, les foins furent délaissés ; on négligea jusqu'aux coupes pour la nourriture du bétail. Tout dépérissait, tout s'en allait à l'abandon. Il était impossible qu'un spectacle pareil ne dessillât pas les yeux les plus prévenus, et n'obligeàt pas cette population à de profonds retours sur elle-même. Rien ne frappe comme les faits. »

Je le disais plus haut, la démagogie tue la liberté ; l'excès tue le vrai progrès ; le Socialisme, par les maux qu'il produit, tue l'association applicable et utile.

Que vous en semble ? Le Socialisme réduit à recevoir des leçons des Arabes, et ne sachant pas même profiter de leur travail !

Cette domination du *fainéant* et de *l'incapable*, exploitant, et, par cela même, décourageant l'homme laborieux, elle s'est manifestée dans les essais de Socialisme en Algérie ; elle serait la loi générale, si le Socialisme venait jamais à envahir la France.

Le dernier degré de la misère et de l'abrutissement, avec le règne des bourreaux, tel serait le sort de ce pays qui a marché à la tête de la civilisation !

De plus, les crimes et les folies des rouges susciteraient, inévitablement, une ligue de tous les peuples de l'Europe : après avoir bouleversé, désorganisé, ruiné la

France, ces modernes barbares attireraient sur elle la guerre universelle, l'invasion, peut-être le partage de son territoire !

La France même y périrait !

Mais non, la France ne périra pas, car le démon de la destruction ne saurait prévaloir contre sa fortune et son génie ! Une si noble proie n'est pas réservée à la dent des Ravageurs !

LE BON SENS D'UN CULTIVATEUR,

Chanson.

Air : *J'ai du bon tabac dans ma tabatière.*

Grands prédicateurs du Socialisme,
Vous avez ici très mal rencontré.
Tenez, franchement, votre catéchisme
Ne vaut pas celui qui me fut montré.
  Vos beaux diseurs ont déjà voulu,
Et plus d'une fois, me prendre à leur glu.
    Mais sachez pourquoi
      J'aime
     Mon système :
    C'est qu'on est, ma foi,
    Toujours mieux chez soi.

Grâce à mon labeur, notre champ prospère;
Il vaut à mes yeux l'univers entier.
Il fut possédé par défunt mon père,
Et, selon mon droit, j'en fus héritier.
  Je prétends bien que mon fils, un jour,
Du champ paternel hérite à son tour...
    Et voilà pourquoi
      J'aime
     Mon système :
    C'est qu'on est, ma foi,
    Toujours mieux chez soi.

J'ai cru jusqu'ici tout propriétaire
Maître incontesté de sa part du sol ;
Mais le grand Proudhon l'a dit sans mystère :
« La propriété n'est rien moins qu'un vol. »
Si cet arrêt a quelque valeur,
Je ne serais donc qu'un affreux voleur ?...
Et voilà pourquoi
J'aime
Mon système :
C'est qu'on est, ma foi,
Toujours mieux chez soi.

Partout du bon Dieu la puissance brille,
Et de l'univers la voix le bénit.
Le petit oiseau sait pour sa famille
Chercher la pâture et construire un nid.
De la famille aussi je croi
Que tout être humain doit suivre la loi...
Et voilà pourquoi
J'aime
Mon système :
C'est qu'on est, ma foi,
Toujours mieux chez soi.

Mes bœufs et mes veaux ont, dans leur étable,
La communauté, que je vois de près :
C'est un ratelier, au lieu d'une table,
Que vous m'offririez, par nouveau progrès.
Je ne veux pas, tout bien calculé,
A mes bestiaux être assimilé...
Et voilà pourquoi
J'aime
Mon système :
C'est qu'on est, ma foi,
Toujours mieux chez soi.

Afin de remplir cette auge commune,
Quoi ! j'irais semer, j'irais moissonner !
Depuis le matin jusqu'à la nuit brune,
Fatiguer mes bras pour votre dîner !
    Je n'entends pas travailler pour ceux
Qui voudront par goût vivre en paresseux...
        Et voilà pourquoi
           J'aime
         Mon système :
       C'est qu'on est, ma foi,
       Toujours mieux chez soi.

Sans qu'à tout propos je dise : *mon frère*,
Moi, j'ai dans le cœur la fraternité ;
Quand vient à mon seuil l'honnête misère,
Je sais pratiquer l'hospitalité.
    Or, pour cela, naturellement,
Il faut bien qu'à moi j'aie un logement...
        Et voilà pourquoi
           J'aime
         Mon système :
       C'est qu'on est, ma foi,
       Toujours mieux chez soi.

A son camarade un vrai sans-culottes
Disait : « Sois en tout mon associé ;
» Je veux, mon cher frère, une de tes bottes,
» De ton pantalon je veux la moitié. »
    L'autre, surpris, d'un pas recula.
Votre enseignement, pourtant, mène là...
        Et voilà pourquoi
           J'aime
         Mon système :
       C'est qu'on est, ma foi,
       Toujours mieux chez soi.

Poussant jusqu'au bout tous ses amalgames,
Un de vos docteurs, dignes citoyens,
Par moralité, voudrait que les femmes
Fussent en commun, ainsi que les biens (1).
    Très grand merci ! je suis peu tenté
Qu'on mette ma femme en communauté...
        Et voilà pourquoi
          J'aime
          Mon système :
        C'est qu'on est, ma foi,
        Toujours mieux chez soi,

Vous déguisez peu l'atroce espérance
De ressusciter vos sanglants héros
Et ce temps affreux qui, dans notre France,
Vit grands et petits livrés aux bourreaux.
    On sait comment vos horribles dieux
Peuplaient les prisons... en attendant mieux...
        Et voilà pourquoi
          J'aime
          Mon système :
        C'est qu'on est, ma foi,
        Toujours mieux chez soi.

(1) Voir les ouvrages de Fourier, ainsi que diverses publications de son école.

Pour paraître le 5 février 1850.

La 1re Livraison du

MEMENTO,

REVUE MENSUELLE,

Par M. Th. Muret.

Memento ! Souviens-toi ! En quel temps, plus, que dans celui-ci, a-t-on besoin de *souvenir ?* Comme les faits se pressent les uns sur les autres ! Nous avons eu, depuis deux ans, des mois plus remplis que ne l'étaient des années entières dans les époques paisibles. Au milieu du courant des événements, que de dates intéressantes ne peuvent se fixer dans la mémoire et nous coûtent de longues recherches, si nous voulons, ensuite, les retrouver !

Or, dans le *Memento*, c'est d'abord un registre historique, un aide-mémoire, que nous voulons faire. Là seront inscrits, jour par jour, le résultat de la séance législative, les votes importants, le nombre de voix pour et contre, les principaux actes officiels ; — l'arrêt judiciaire digne d'être conservé ; — la nouvelle de Paris, des départements ou de l'étranger ; — la nécrologie, le fait littéraire ou artistique de quelque valeur ; — le mouvement des fonds publics ; les principales publications et les pièces nouvelles.

Ainsi, chaque jour aura là son histoire, et cette histoire de chaque jour composera celle de chaque mois ; et l'histoire des douze mois composera celle de l'année.

A la fin de chaque douzième numéro seront placés un index et un résumé des douze mois. Ainsi, notre *Memento* sera réellement une table générale des matières pour les annales contemporaines. Nous n'avons pas besoin d'insister sur les services qu'il pourra rendre toutes les fois qu'on sera dans le cas de jeter un regard en arrière, d'interroger le passé, soit dans un détail, soit dans l'ensemble des événements.

Puis, à la suite de cet enregistrement matériel des faits, le *Memento* contiendra, sur les hommes et sur les choses, des appréciations formulées au point de vue de la plus complète indépendance, non seulement de l'indépendance vis-à-vis du pouvoir, mais encore de l'indépendance vis-à-vis des partis; et cette dernière est, peut-être, la plus difficile et la plus rare.

Le vrai, dit un écrivain, *est ce qu'il peut*. Placé en dehors de toute influence politique ou autre, n'obéissant à aucune amitié, comme à aucune inimitié, l'auteur du *Memento* dira la vérité *quand même*; il mettra dans cet écrit mensuel toutes les pensées qu'il croira justes et utiles; il louera ou blâmera partout où il verra matière à louange ou à blâme. Dans le journalisme, on est forcé, jusqu'à un certain point, de subordonner ses idées particulières à l'idée générale et collective du journal; on est obligé, non sans doute de dire ce qu'on ne pense pas, mais, parfois, de ne pas dire tout ce qu'on pense. Etranger maintenant à la presse quotidienne, l'auteur de cette petite revue en fera son œuvre propre, son œuvre à lui seul; là, il aura sa liberté pleine et entière, et il en usera.

Le *Memento* paraîtra ponctuellement le 5 de chaque mois, à dater du 5 février prochain (numéro de janvier), par cahiers de 72 pages grand in-18 (format Charpentier). Les douze livraisons de l'année formeront deux volumes, chacun d'environ 400 pages.

On ne peut s'abonner pour moins d'un an, en commençant toujours par la livraison de janvier.

Prix de l'abonnement : Pour toute la France, 6 fr. Un numéro séparé, 60 cent.

On souscrit chez GARNIER frères, libraires-éditeurs, *rue Richelieu*, 10, et *Palais-National*, 215. — Les lettres et envois doivent être affranchis.

www.ingramcontent.com/pod-product-compliance
Ingram Content Group UK Ltd.
Pitfield, Milton Keynes, MK11 3LW, UK
UKHW022225070726
13613UKWH00004B/1873